ミントとカツ丼

牛島映典

七月堂

目次

ミントとカツ丼

ミントとカツ丼

痔でしょうかね
ビオフェルミンを出しときますから朝昼晩飲んでくださいねじき治りますから
と言った医者をうらみはしない
しかし治らない病気だったわけです結果的にはね
まあそんなものかと思ったけれどじっさい治療が始まるとつらいわけです
総理の顔毎朝新聞で見るけれどけっして同志ではない
ジョギングという日課もやめてしまって
何を食っても便所へ行くと血ばかりで
食っていなくても腹は痛いもので
おれは三階の研究室から外階段を下りていって

その頃はまだ大学の中でたばこをすってもよかったので
座るとズボンにさびがつくようなベンチに腰かけてミントのたばこをすうーと
肺が静かにつめたくて気持ちが良かったものです
ウドンですら受けつけないほど腹の調子をなだめるのはむずかしく
もっぱらそのミント味でごまかしていたそれがたしか
ひと箱二〇本入り五二〇円だったいまいくらなのか知らないが
近頃はわりと症状が落ち着いてだいたい何でも食べることができるようになった
それで美術館へ行ったんですかなり久しぶりに
入口で学生ですかそれともと訊かれておれは難病患者証を見せました病院でも見せるそれを
すると係のひとがこれは失礼いたしましたといってチケットをくれました
失礼いたしました失礼いたしましたいやこちらこそ
おれはなんかうしろめたいような気持ちになりました
係のひとは悪くないですもちろん
自分は幸せに暮らしていると思っているそれなりにすこやかに
おれは幸せに暮らしているそれなのに

ふつう当然払うべきチケットのせいぜい数百円の代金を
払わないでいいと言われたのがかえってみじめなような悪いことをしたような
そういうのはただのわがままでしかないんだけれど
まるでその係のひとをあざむいているようで
絵はとてもよかった彫刻も
その日ひさしぶりにたばこをすったんだけど
火をつけると乾燥していてとても辛かった
それでジョギングへ行きましたそれもかなり久しぶりに
たぶんもう走っている最中に腹が痛くなってコンビニへ駆けこまなくても大丈夫なので
前とは少しコースを変えた走るのは河原から
橋をまたいでおれは左回りに走ることにしているんだけど
もう秋なので枯れはじめているその河原を走ると
つめたい空気がすうーといっぱいに肺をみたすのがわかってそしてすこし泣いた
久しく走ってなかったので息があがってくるしいんだけど
そうだったこれがおれの身体だったと思い出したこの肺はおれのものだと

うちまで走って帰ると
はらがへったなーと思ったのもいつぶりなのだろうかと
肉屋へもういちど走ったチキンカツを買いに
おれはめしを炊き
醤油と卵でネギを煮てカツ丼にする
この胃は腸はおれのものだと
それを食うときにも泣くだろうきっと

ほどく

かつて書いた詩この部屋が自分の身体とひとつになって
血管が這うように水道管やガス管がこの部屋をかよい
六畳間のまん中でおれは手足を大の字にしてねむるのだと
その部屋を今度出ていくときめて
おれは準備をはじめた週に二三度八百屋へ行くとき
ダンボールもらってもよかですかときいて何枚かずつ部屋にもちかえり
味が自慢の熊本みかん毎度有難う御座いますと刷られたその箱につめる
持ちきれないほどの本や雑草のようにいつのまにかふえた鉛筆の束を
そうしていくつも箱が積みあがるうちに
この部屋はつめたくなった季節のわりに暖かいこの頃にしては

それは数年かけて自分とひとつになっていたこの部屋をみずからほどいているせいで
ガスや水道や電気を止めてしまったらもっとつめたくなるだろう
もともと面倒くさがりな性格もあったけど
それに気づいてから荷造りするのがおっくうになって
ダンボールをもらってくるのをやめた言いわけのように
べつにこの部屋のこともこの街のこともいったんほどいただけで切ったつもりはないのだと
自分自身にいいきかせるようにしてもむなしく
出ていくときめてから部屋どころかこの街そのものさえも
おれが切りはなしたと思いそれをうらんでいるように
きょう九州この街にしてはめずらしく雪がふっている

そうじ

はたきは今、ウェーブという名前
広告を見る／クリックすると、うんざりするんです
内視鏡で見るおれの腸の中はときどき荒れてるが
イルミネーション、段ボール箱で届く本
なにが批判なのか？
月刊誌週刊誌古くなったイヤホンのコードは赤だったのが今は色あせている
日記三年分そう粗雑
でも鉛筆ひさしく買い替えてない
アニメーション一夜で全部観おわる今日
はとても平穏な日でした

昼間アルバイトをした
わりとひさしぶりに
昨晩寝付くのは遅かったけれど夢見がよかったので
友達とてもいい悩みを抱えていそうです
たばこをすわないでいると非常に水がうまい
厄年そうじしてみたいですよね
おれシャンプー次買う時には外国のやつにする
と決めています

流行歌

なん年かまえの流行歌だったその曲をおれは好かん
いや好かんっていうのとはちょっと違う
よくビリヤードしに行ったゲーセンでかかっていたその曲を口ずさんでいたこともある
底ぬけに明るいその歌詞を
その年の夏おれは支援学校へいくことがあって
それは先生の資格をとるためだったんだけど
クラスの朝礼でその曲が流れそれを先生がうたうほとんど寝たきりの生徒のまえで
やってみようやってみようやりたかったことやってみようって
前の晩ビリヤード場できいてたのとおなじ曲
ああこの子たちどんなことやってみたいんやろうと思って

教室のうしろに立っていると先生がおれにほら先生も一緒に歌おうって言って
すいませんいまのおれには歌えないですとても先生とよばれる資格がおれにはない
という言葉は押しころして口を開いたけどあんま声がでなかった
じつは前の晩ビリヤードから帰ったあともおれは便器がきれいに真っ赤になるぐらい下血して
でもそれは持病の調子わるめのときの通常営業できついけどそんなにきつくはないので
という感じのつよがりかあるいは自分をあわれむみたいな気持ちをもってふつうに暮らしていたけど
とんだバカだと思ったおれは半人前だと健常者でも障害者でもないつまり覚悟がないんだと
その年その曲はとてもはやっていて友達と行くカラオケでもドライブのカーステレオからも
テレビCMでも毎日流れるそれを聞くたびにおれは黙って窓の外でもながめていたいような
そういう気持ちになっていたんですだからやっぱりその曲のことを好かんというのとは違う
好かんというのではないけどすきというわけでもないけど大切な曲ですおれにとって

※WANIMA「やってみよう」から歌詞を抜粋してお借りしています

ニューバランス

どんぶりで飯を食えるのがありがたいんだと気づいたのは十八歳になってからのことでした
センター試験から帰った日おれは一升炊きの釜に顔をうずめるようにして飯を食った
大学へ入ってからは三合炊きの釜に毎朝一合だけ炊いています
走ることに楽しみを見つけたのもその頃で
中学の頃サッカー部でクラクラになるほど走らされていた頃は走るのがいやだった
それが卒業してからはもう中毒者のように走りたくって何度も何度も
国道をなぞるように走っていると学習塾や消防署や大学病院や喫茶店があって
すれちがう市バスの行先表示をみて
てきとうに乗っていきたいなーと思いながら毎晩走った
だいたい大学病院あたりで体力は限界になっていったん歩くんだけど

息をすること以外なんにも考えられなくなってとても気持ちがいい
靴はあまり買い替えないので文字どおり履きつぶした
ニューバランスと書かれたその運動靴それをいまでも
玄関に出してある走れなくなったときでもいつも玄関と呼ぶにはあまりに小さい
新聞配達が朝五時半に駆けあがってくるとぜんぶの部屋がゆれるようなこのアパートで
おれは毎晩走りに出かけていきそれからひと月に一度詩を書いて
近くの郵便局へ持っていった思潮社御中夢がかないますようにと
そんな暮らしも一年経って退屈だなと感じはじめましたあんまりにも生意気なことですが
十代のおれはかんがえた夢って何だったろうかと
いくらかんがえたってなりたいものはないんだけど
教師の免許を取りに行きます九八年おれの生まれた年には教師のドラマが流行ったらしい
いままで好きになれた先生も何人かいたわけですまるで忌野清志郎の歌にでてくるような
しかし教育実習の年にはぶっそうな病気が流行っていてそれでじゃなくとも周りに訃報の多い年で
とても好きだった先生も亡くなったまだ三十代だったのにな

その頃おれも病気をかかえていました一生治らないって病院の先生は言った
まあいくつになっても五体満足なんて無理な話でそのときの身体に満足するしかないんだろうなと
思っておれは教生になり学校へ通いました薬をのみながら
進路希望とか中間考査とか志望校とかもう今となっては縁のない言葉が飛びかう学校で
生徒たちがあんまりおとなしく座っているのでかえってこちらがびっくりして
でもそんな理由で叱るのもおかしなもので
いきぐるしいのはマスクをつけているからかもしれないけど
十五歳の生徒たちが病気のおれよりも元気ないのかと
教師がこんな気持ちだなんて思いもしなかったなあのときは
でも二十歳そこそこのおれがそんなこと考えるのはそれこそ生意気なのかもしれないし
とりあえずの仕事はさがさなければいけないし
運動靴を洗おうと思いますきょう帰ったら
それでもう一度いまは病気で走れないけど散歩くらいはできるはず
ただ散歩するということさえもぜいたくだと気がついたのはつい最近のことです

どーせ

昔EDになっちゃった友達がいて
つまり勃起不全というやつなんだけど
昔といってもせいぜい数年前のことなんだけど
ラーメン屋のカウンターでそのことを聞いたそのとき
おれはなぐさめようと思っていいじゃんどーせ歳とったら自然としなくなるわけだし
といった
一瞬そいつは何か訴えるような目をしておれのほうを見て結局なにも言わずに目を伏せた
それであれなんかわるいこと言ったかなあと思ったけどそれっきりで
それからしばらく経った後おれは腸の病気をしてめしをくうこともままならず
ほとんど無理やりの養生をはじめてから思ったあああの時わるいこと言ったなあって

おれはラーメンが食いたかったそのとき
豚骨の脂の浮いたラーメンと餃子のセットに余裕があれば煮豚も付けて頼みたかった
けどそれはそのときの身体ではうけつけず
故郷のラーメン屋が夢にまで出てきておれは思ったあのときあいつにわるいこと言ったな
あって
あのときのおれはきっと言うだろうどうせ歳とったらそういうの自然と好んで食わなくなる
わけだし
脂っこいラーメンとかべつにいま食わなくたって
いいじゃんどーせとけっして悪気のない感じでそう言うだろう
だけど今まさにしたいことをできないということがこんなにもくるしくてたとえば
のどが渇ききったとき目の前のコップ一杯の冷水をおあずけにされるようなもので
それはたいした高望みじゃなくてありふれた欲望なんだけどそれだからかえってもどかしい
ということをわかってなかったおれはいいじゃんどーせとそう言ったあのとき
そう気づいたときああこれが想像力たりないってやつかと思ってでもたぶん
たぶんこれからもこういうことあるんだろうな言うのも言われるのも

なるべく健康でいたいとはいつも思っていてでもそれはなかなか難しいってこともわかっていて
でもどーせ無理やろってなるべくというかもう言いたくなくて
またラーメン食いに行けたらいいなと思うできたら一緒に

引っ越し考

おれがこのまえこの街へ引っ越してきたときアパートの
郵便受けを開くと火山灰がざらざら入っていて
こんなとこで暮らしていけるやろかと思ってスーパーへいくと
刺身はとても安くて鳥のたたき炭火焼もそれもどれも三百円ぐらいで
ひとり引っ越し祝い缶ビールと刺身二、三パック買って帰り
八畳いままでよりもやや広い部屋にそれをならべてだまって食った
めしが安くてうまい街ならやってけるって昔先輩も言ってたような
そんなことを思い出していているとひさしぶりにすいたいなーと思って
夜十一時過ぎ近所のローソンへでかけハイライトひと箱買ってきて
封をあけて一本くわえひと口すったその時もう一瞬で胸いっぱいに

それまでのことまえの街で暮らしていたときのこととかけっこう
きついときくやしいときくるしいときとびあがるくらいたのしかったときの
ひと口すったその味で三年分ぐらいの記憶がぜんぶ戻ってきて
あー持ってきちゃったと思ったじつはこのたび心機一転しようと思い
ほとんど荷物は持ってきてなくて学生のとき集めた本もほとんど置いてきたんだけど
たったひと口の味でこんなにたくさんの
情景あたまのなかをめぐりそれはとても言葉にするのが追いつかないぐらいで
こういうのひとつひとつ詩に書けたらすてきなんだろうなあーと
思ったけどその日はそれでもう寝てしまったとても疲れていたので
翌朝郵便受けから取りだした新聞はざらざらしていました火山の灰で
朝といってもじっさい起きたのはもう昼前でとにかくなにか腹にいれたくて
あたりをぐるぐる歩いてめし屋を探したどこかいい店ないだろうかと
炒飯と小籠包のセット六五〇円という手書き看板につられて入った
街中華で出てきた小籠包がたまらなくうまそうでかぶりついたがはやまった
肉汁があまりに熱くて思わずうなってしまって周りに学生ふうのグループが何組か

いたのではずかしくなっておとなしくさっさと食った炒飯もしっかりうまかった
めしが安くてうまい街ならやってけるって昔先輩も言ってたような
たしかにそうだよなと思ったそれを実感した舌ちょっと火傷しちゃったけど
いつかまたべつの街へいくかもしれないけど
またひと口で思い出せるような記憶がふえるといいと思った死ぬ前に
なに食べたいかって訊かれたとき選択肢に迷えるくらいに

桜島

潰瘍性大腸炎は、主として粘膜を侵し、びらんや潰瘍を形成する原因不明の大腸のびまん性非特異性炎症である。多くの患者は再燃と緩解を繰り返すことから長期間の医学管理が必要となる。軽症例では血便を伴わないが、重症化すれば、水様性下痢と出血が混じり、滲出液と粘液に血液が混じった状態となる。他の症状としては腹痛、発熱、食欲不振、体重減少、貧血などが加わることも多い。一般に発症時の重症度が重いほど、罹患範囲は広いほど手術率、死亡率が高くなるが、近年の報告では生存率は一般と比べて差がないとする報告もみられる。

というところまで読んでそのウェブページを閉じた
これまで何度も開いてきたそのページは iPhone にブックマークしてあって
調子が悪くなるといつもそれをひらき隅から隅までながめ

不安になったり安堵したりするんだけど
近頃は軽症になっていてあまり見ることはない
そのウェブページをいまなぜ見ているのかというと
ところで先日引っ越しをして九州の南の方へ
毎朝郵便受けから新聞を取ろうとそのアパートの扉を開けると桜島が見えて
それはだいたいいつも火口から噴煙を上げていてその量は多い日もあれば少ない日もあって
この街ではどこにいてもそれが目につくし
窓を開けていると部屋じゅうが火山灰でざらざらになってしまうこともある
やっかいといえばやっかいだろうし気がかりじゃないのと訊かれたらたしかに気がかりだと
こたえるだろう
ここで生まれ育ったひとは桜島なんて何でもないよーと言う
ただの風景の一部だしとくになんとも思ったことはないなあと
灰が降るのがすこしめんどうだけどねと
だけどそう言うときそのひとたちの顔はまんざらでもなさそうで
たとえば長いつきあいの友だちをほこるときのような

そういうのを見ていいなーとまだ半分よそもの気分でいて
帰り道いつも寄るスーパーの駐車場からは桜島がとても大きく見える
その日の買い物をすませスーパーから出るとおっ今日は噴煙がきのうよりちょっと少ないな
と
そう思うくらいには毎日気にかけているんだなと気づいてそして思った
こいつもおれの身体と同じじゃんって
症状が出ているときには血が出る粘液が出る多い日もあれば少ない日もある
そのことをあんまり気にかけていてもやってらんないし
だけどいつも頭の片隅にはあってしかも長いつきあいになりそうな
それを友だちだとはとても思えないがたしかにおれ自身の身体のなかで起こっていることで
うまくつきあっていくんだよと他人はいうけどそれってどういうことやろかと
思ったのも束の間にわかに噴煙がおおきくたちのぼりはじめ
洗濯物が気がかりなおれは駆け足でアパートへと帰りました

※難病情報センター「潰瘍性大腸炎（指定難病97）」より抜き出して引用した箇所あり

やきにくおいしいな

いつも最寄り駅からうちへ帰るまでの道に
二軒焼肉屋がある
一軒はわりと新しくて綺麗めなガラス張りの店で
もう一軒は古くからある建物で窓にはキリンビールの
ポスターやら手書きのおすすめのメニューやらがいちめんに張られていて
雑然としたたたずまいだけどおれにとってはそっちのほうが
むしろこのましくおもえる
熊本にいたころ何人かの学生をあつめて先生が連れていってくれた焼肉屋は
とても雰囲気のいい店でまだほとんど生焼けの肉を先生は
ほらはやくたべなさいよーこれくらいがいちばんおいしいんだから、

といってさっさと網から取りあげるのではじめはちょっと閉口してしまったけど
じっさいその店の料理はどれもとてもおいしかった
後日おれはデートでもその店に行って
野菜の嫌いな彼女がうまいうまいといって大根キムチをたべるのがおかしくて
そのあと冷麺をふたりでわけあってたべた
だけどそのちょっと前まで焼肉を食べることなんて考えられもしないくらい
おれは身体の調子がわるくて
病院へ行っては毎回一万、二万の支払いは当たり前で
それでも薬はなかなかよく効いてくれなくて調子はわるくなるばかりで
いつも病院で診察料を支払ったあと処方箋を持って薬局へ行く前にああいま手持ちの
金額で薬の代金は足りるだろうか、と思っていったん近くの郵便局へ行って
いくらか引き出してからもういちど薬局へ戻るというようなことをやっていて
そのたびにもし病気になっていなかったらこのお金でなにができただろうか
どれだけおいしいものをたべられただろうか、と考えると気持ちも落ち込んできて
生活もふるまいもすさんでしまっていたそのころのおれのことを

見放さないでいてくれた彼女にも友達たちにもいまでもほんとうに感謝している
やがて病気ともなんとかつきあいながらおれは就職することができて会社から
支給されたパソコンにパスワードをかけるように言われておれはちょっと考えてから
やきにくおいしいな（Yakiniku01shiina）と入力した
休みの日にはまたみんなと食べに行けたらいいなと思って
どんなに出世したとしても給料が増えたとしても
それ以上のしあわせもぜいたくもないと思えるいまのおれには
たまにセキュリティ上パスワードを変えるように言われるので
そのときはすしおいしいなとかぱんおいしいなとか
たべたいものをかんがえて打ちこんでいる

散髪考

月にいちど給料が入ると髪を切りに行くこの街へ来ておれはまだ自転車を買っていないから
アパートから四十分くらい歩いていく雨が降っていたら途中まで路面電車にのるけど
市電通りの濡れた芝生で靴に水がしみる
駅からの道を川沿いに歩いていくと
すこしさびれた街道にバイク屋があって古着屋があって大きなパチンコ店があって
ドライブスルーのマクドナルドがあって紳士服店があって
家電量販店があって表通りにあまり人は歩いていないけど川のそばを歩いているのは
まだおじいさんとよばれるほどじゃないけどおじさんというにはやや歳をとった人とか
あるいは子供たちがコンクリートの護岸の上からボールを投げてあそんでいる
四ツ角の交差点のちょっと手前にその店はあって

男性カット洗髪付き三三〇〇円という看板があって
ふた席しかないちいさな床屋のドアを開けて中に入るとポマードのにおいがする
席にすわると椅子が回転して倒れてお兄さんがおれの顔にタオルをかけて頭を流して
椅子を起こすと髪の毛をクリップでとめてバリカンを持ってきて髪を切りはじめる
それは切るというよりもむしろ刈るといった感じで
とくに襟足のところをバリカンで刈ってもらっているときたとえば毛の多い犬や羊とかが
そんなふうに毛を刈られているのをいつも思い出す
お兄さんの右腕にはいちめんにタトゥーが彫られていて
大きな鏡の手前にはちいさなテレビがあって小さな音で夕方のニュースが流れている
まずは地元のニュース小学四年生男児迷子を助け表彰
次に二十五歳女性交際相手から刺殺される六歳の息子が通報
マッチングアプリで知り合い睡眠薬飲ませ暴行四十二歳男逮捕
政府緊急事態延長来月オリンピック見据え
それを見るともなく見ていてお兄さんがいう最近こんなニュース多いねえって
かわいそうだねえってお兄さんはいう

そうですねえって相槌をうちながらおれは考えているこんな
時間をわすれないうちにうちへ帰ってそして詩を書こうって
髪が切り終わったらまた椅子が倒されてお兄さんがおれの髪を流し乾かしポマードをつけて
いぐさのちいさな箒でおれの肩をはらいそしておれは代金をはらって店を出る
店の前には男性カット洗髪付き三三〇〇円という看板があって
次来る時には五〇〇円分おまけしてくれる

朝

もうこんなにも寝苦しい夜になって夜中に目がさめる何度も何度も
絞るとしたたるほど汗をかいた肌着を替えるＢＶＤのＴシャツは二枚組で八百円の
近所のスーパーの衣類コーナーで安売のときにまとめて買ってくる
毎週日曜と七のつく日にはポイントを倍つけてくれるし
コンビニでもないのにでたらめに遅い時間まで開いている日付が変わったあとも
入口のガラス扉に時給八三〇円パートタイム募集の張り紙がいつでも
ときどきなんでかわかんないけどぜんぜん寝られないことがあって
汗かいて起きたかと思えば数分後にはふるえるほどのさむけがして
エアコンをつけたり消したりタイマーをセットしてから寝てみたり
そのときにくらべたら近ごろは少なくとも寝起きはいいのでましかも

朝起きたら汁椀に二杯分くらいの水をやかんに入れて
それで即席みそ汁とコーヒーをつくる
コーヒーの粉はきちんとはからずにドリッパーに入れるのでたまに薄すぎる
独身社員寮から会社まで二キロくらいあってその道を歩いていくと途中に
県営球場があって犬を連れてその周りを散歩する人たちの歩く速さと
勤め人の歩く速さははっきりちがっていておれの歩くのはどっちでもない速さで
大通りには県庁や県警本部やＪＡや総合病院があって
前を歩いている人たちがどこに入っていくかおれはひとりで予想をたてる
服装はみんな似たようなのにだいたいどこへ入っていくかふしぎとわかるもので
おれはたぶんまだどこに入っていきそうな人でもないんだろうけど
それがさびしいとかじゃぜんぜんなくてむしろずっとそのままでいいんだけど
というようなことを考えながら歩いているとすぐに会社へ着きそうになる着く前に
昼飯を買うためにコンビニへ入るたいていそこで上司や先輩と会う
今どきどこも社内禁煙だからコンビニ前の喫煙所は朝の一服をする人たちであふれていて
あっ先輩おはようございます、最近アイコスに変えたんすか

などととくにとりとめのない話をするのも案外苦じゃなくて
昼飯にはいつもおにぎり二つ買うことにしている
ときどきは気分を変えてべつのコンビニで買うことにしている
そこで売ってあるのにはおにぎりじゃなくておむすびと書いてある

から揚げ

週末またしても昼過ぎに起きて
布団の中から天井をみつめ
昨晩酔っていたとはいえ言いすぎたんじゃあねえかなとか
気づかないうちに誰かにいやな思いさせたんだろうなとか
そんなふうによくないほうに考えすぎるのは腹がへっているせいかもしれなくて
それはたぶんそのとおりで
から揚げ食いてえいつもの定食屋で
布団を畳み顔だけ洗ってひげはのびたまま寝癖頭にキャップを被って
サンダルばきででかける歩いて五分のその定食屋の
おばちゃんがまだ水ももってこないうちにおれは言ったから揚げ定食ひとつ

やがてから揚げが揚がってはこぼれてくる
この店のから揚げはでっかくて
スーパーの総菜で売ってあるから揚げの三倍以上は余裕であるような
堂々としたそのから揚げをほおばり噛みしめて
まだ熱い油とぷりぷりした鶏むね肉を感じながらおれは
おれは思ったためしを食うことも暴力だって
うまく言えないけどその店でから揚げを食っているときおれの舌は
おれの胃はおれの頭はたしかに昂ぶっていてこれってもしかして
ほんとは人前では隠しておくべき本能とかそういう仕草なんじゃないだろうかって
そういうことを思った定食屋のカウンター席で壁に向かい合って座り
目の前の壁は長年のたばこの煙と油の染みで黄ばんでというかもはや
黄ばみを通り越してわりと深めの茶色ににじんでいるんだけど
それがとても心落ち着くたしかにこの店では
何度も何度も何度もから揚げが揚がりおれたちはそれを食ってきたんだと
おれたちというのはこの街に住んでこの店に来たすべてのひとのことです

デミオム

夜うちへ帰ったらまず音楽を流す頭のなかで
ぐるぐるしている言葉をおちつかせるために
YouTube か Spotify でシャッフル再生に設定して
聴くともなく聴いている音楽を流したまま食事をする
それで思いだしたすこしだけ昔のできごと
近所の馴染みの店から持ち帰りしてきたオムライス
いつもデミグラスソースのオムライスをデミオムと略して注文する
おれが大学に入ってこの街へ来たときからずっと通っているその店の
おっちゃんはおばちゃんといっしょにわずかな人数でその店をきりもりしている
そのおっちゃんの顔がゆがむのをはじめて見た去年その店は学生街にあるんだけど

あっというまに病気がはやって大学には学生が来なくなって客もすごく減ったという
でもこればっかりはどげんしようもなかもんねえ
というおっちゃんの声がとてもかなしかったおれは
その店でおばちゃんがつくるとろとろ卵のデミオム六百円が食いたいいつでも
心の調子ときどき身体の調子は自分でどうしようもないくらいどうにもならないもので
飯も食いたくないくらいしんどい時でもそれだけは喉を通った
それがたとえ七百円になっても八百円になっても千円になってもおれは食いたい
その街を離れたいまでも
いつでも食いにいきたい
というようなことを思い出しながら食事をとっていると
プレイリストから流れたもう五十年近くも昔の曲が
とかいではじさつするわかものがふえている
といううたいだしでおれは箸をとめて静かにきいた数分間最後まで飛ばさずにその曲を
ききながら考えていた
いかなくちゃきみにあいにいかなくちゃきみのまちにいかなくちゃ

おれはテレビは持っていないけどスマートフォンを持っているから
それでニュースを見るし今どき物好きなとよくいわれるけど新聞もたまに見る
不要不急の外出を控えてください外食は控えてください買物は控えてください
コンサートは実施しないでくださいするとしたら少人数で観客は黙ったままで
劇場へいくのは映画館へ美術館へ書店へいくのはしばらくの間控えてください
県境を越える移動は自粛してください特に若い人は控えてください
いかなくちゃきみにあいにいかなくちゃきみのまちにいかなくちゃ
ふつう若い人は死にません四十代三十代二十代死亡例確認ただし基礎疾患あり
とかいではじさつするわかものがふえている
おれは持病があるから毎月病院へ通っていますら毎日薬ものんでいる仕方がないんだけど
そうしないとどうやらふつうの人とおなじように生活ができないようなので
ふつう若い人は死にません四十代三十代二十代死亡例確認ただし基礎疾患あり
ただし基礎疾患あり
と日々キャスターが読み上げるニュースおれは被差別者なのだろうか
急を要さない検査や手術は控えてください

若者は
少人数で黙ったままで
でもこればっかりはどげんしようもなかもんねえ
おれの口から出た言葉はあのときおっちゃんから聞いたのとおなじ言葉で
とてもかなしかったそういうのをかなしいというのが適切なのかはわからないけど
ほかに言いようがないできればこういうときあの店のデミオムが食いたい大盛は追加で五十円の

※井上陽水『傘がない』の歌詞より引用している箇所があります。

箸袋

近ごろまた引っ越しをしたのでなんだかんだ忙しくて
というのはまあいいわけでしかなくて親しい人への連絡もなんだか滞りがちで
ちょっと前までうまくいっていたこともなんかよくわかんなくなっちゃって
迷うのはべつにわるいことじゃないんだけどだから
焦らなくていいってわかってるはずなんだけど
じつは内心ちょっと焦っているのも自分でわかっていてそれで余計におちつかない
このアパートへ入居して何週間か経って本をやっと本棚におさめ
寝る前に読もうと思って取りだした佐藤康志の文庫本に箸袋が挟まっていた
それに印刷されていた字は中国料理藤園その裏に熊本市中央区水道町と
むかしからそのへんにある紙をしおりのかわりに本に挟むくせがあって

その本に挟まっているその中華料理屋の箸袋エビチリと麻婆豆腐と
唐揚げ定食がとびきりうまいその店の箸袋を見て思い出したその本を買った日は
おれが十九歳のころたしか大学祭の準備をしていたころだから秋にさしかかっているころ
その店でめしを食って夜から新市街アーケードの映画館へ行って
その日に観た映画がとてもても好きになってその帰り道に辺りでいちばん遅くまで空いている本
屋
ツタヤへ寄って原作のその本を買って帰ったことまでたしかに思い出した
いま本棚にある最近買った読みさしの吉本隆明の本にはそばうどん屋の箸袋その店は
区役所の前にある引越の届出に行った日そこでうどんを食った大田区蒲田きそば一力
七月はじめの暑い日冷やしたぬきにもできたのでそうしてもらってそれを食ったこの街へ来
て
はじめての昼飯
むかしいやむかしといってもほんの何ヵ月か前まで思っていたおれは九州熊本で
詩を書くとき東京の街の名前などけっしてつかうものかと
東京の街の名前が書かれるとき口に出されるときそれがどんな文脈であろうと

読む人はそれを知っていなければいけないしあるいは
わかっているようなそぶりをしなければいけないようなそういう感じがあってそういうのっ
て
いなかのひとの思い過ごしや劣等感かもしれないけどそういうのってすごく傲慢な感じがし
て
きらいだったし反抗したかったし実際そうしていたおれもいまでは成りゆきで東京に住んで
いる
都民区民の自覚があるわけでもないけど九州からはなんというかいまちょっと
根っこが抜けちゃったようなあてのない気持ちになっていて
だけどどこにいても同じことで新しい靴を何度も履いて馴染ませていくように
その街が自分の身体になるべく馴染むように歩いてときどきそれを詩に書いたりすることで
だからいまはつかうおれは毎朝乗り換える電車を夜はときどきめしを食う大田区蒲田で

東京

とうきょう、へ来て
とうきょう、の部屋を借り
とうきょう、で今は暮らす
おれは
きゅうしゅう、で生まれ
きゅうしゅう、で育って
いくつかのまちでくらし
ひとりですごしていれば
どこにいてもおなじことで
そこに住んでいる人たちがいて

その誰ともおれは知り合いじゃなくて
その街を歩いて電車に乗って
ぜいたくとかしなくていいけど
できればできるだけうまいめしをくって
気持ちよく風呂にはいって寝たい
そうしてひとりで暮らす
親しいひとたちと話すのは電話だけで
それでもそのうち
とうきょう、のひとたちとも親しくなって
それはそれで嬉しいことで
だけど心から打ちとけたという気には
いつまでもなれない気がするのは
だれもおれとおなじ方言を話していないからで
というのはまだ取りつくろったほうで
じつはおれのなかの奥深いところで

とうきょう、に対するねたみ、
いやねたみというのはちがう、
うらみ、でもない、自分でもいやになるひねくれた気持ち、
たしかにいえるのは
とうきょう、と聞くと素直になれない
とうきょう、で生まれ育った人、それだけで
なんかゲタば履かされとるごたるもんね、
なんか良か感じやもんね
やっぱおれらとは違うっちゃろうね
そういうのがまちがっているっていうのはもちろんわかっていた
けどきゅうしゅう、ですごしていたころ、
とうきょう、へ行きたいって言って
まわりのひとには止められて
すごくお金も借りたりして
じょうきょう、した友達が少なからずいたのも

それもまたたしかなことで
それほどまでに惑わせる
とうきょう、という言葉
なんともいえないけど素直になれない心が
それがいまでも完全にはなくならないのは
とうきょう、という言葉が、
とうきょう、の街の名前が、
きゅうしゅう、で生まれ育ったおれにとって
おれたちにとって
テレビから、本から、マンガから、人びとの口から
あまりにありふれていてそれでいて特別なような感じで
ずっと降りかかってきたからで
それでずっと素直になれなくて、
まっすぐ向きあえなくて
ときにはそのいらだちをぶつけてしまうようなこともあって

いまでは
そういう気持ちがたぶんどっかでひとを傷つけていて、
しかもそういうのを向けられてきたのは
とうきょう、だけじゃなくて、
あらゆるひとに
その土地で生まれ育ったひとにも、そうじゃないひとにも、
幸せそうなひとも、そうでもなさそうなひとも、
誰でもそんな気持ちを向けたり向けられたりして生きてきて
そういうことをちょっとずつわかるようになってきていて
ところで
おれの生まれ育ったきゅうしゅう、のまちには
電車も通っていなくて
こどものころは学校への行き帰りで会うほとんどの人が顔見知りで
とうきょう、の今おれの暮らす街では
そんなことはまず考えられなくて

毎日駅ですれちがう何千というひとたち
その誰ともおれは知り合いじゃなくて
こんなにたくさんの人たちが流れているなかで
ときには
知らない人に刺されたり轢かれたり飛び降りたり
それを見殺しにしたりするわけで
それでもやっぱりこの街を歩いて電車に乗って
楽しくうまいめしをくって
気持ちよく風呂にはいって寝たい
日々できればできるだけここちよく暮らしていきたいわけで
それはひとりですごしていれば
どこにいてもおなじことで
とうきょう、であろうと、きゅうしゅう、であろうと、
誰かとすごしていてもたぶんおなじことで
でもそうするのはきっとすごくむずかしいことで

じゃあどうしたらいいかってことはまだわからなくて
きょうはあんまり食欲がなくて楽しくめしを食えないかもしれないけど
いろいろ考えごとや悩みごとがあって寝れないかもしれないけど
せめてシャワーじゃなくて風呂をためてゆっくり浸かって
そうやってひとつずつなんとか
たしかなことは
とうきょう、はいまおれの暮らす街だということです

準チョコレート

会社の廊下の隅のほう
に置いてあるお菓子の自動販売機
そこで売ってある明治のチョコレートの箱のおもてに
準チョコレートと書いてある
それは明治のじゃなくてロッテか森永のだったかもしれない
けどそんなことはどうでもよくて
会社の廊下の隅のほう
で売ってあるチョコレート
おまえが準チョコレートだというんなら
おれは準サラリーマンといったところだ

たいして仕事もできないで
会社の廊下の隅のほうで
ひとりで
こんなくだらないことばっかり考えている

男子便所

いま勤めに行っているところはビルの九階にあって
毎朝そこまでエレベーターで上る
その上にも十何階かまであるそのビルは
おれの生まれた街ではそれだけでいちばん高いところだ
そのフロアの隅にそれぞれ便所があって
男子便所に入るとまず手洗場があって
小便器が揃って四つならんでいて
その奥に個室も四つある
けっこう小ぎれいなビルだから
日に何度か掃除が入る

通勤で使う東急の駅の便所には小便や痰や陰毛や
飲みかけの缶チューハイが飛び散っていたりするけど
このビルではそういうことはない
おれはいつも働いているフロアのひとつ下の階の便所を使う
もしも小便器の前で立って用を足しているときに上司が隣に来て
ウシジマ君どう、最近、調子、
なんて話しかけてきたらたまらないからだ
そんなになさけなくて無防備な状態で会話したくはないし
何にも言わないならそれもそれでなんとも気まずいし
昼休みは手洗場で歯を磨いたりうがいをしている人が多くて
混みあっているからなおさら別の階の便所は都合がいい
入り口に置いてあるゴミ箱にいくつか貼り紙がしてあって
防火のためタバコの吸い殻厳禁、とか
インシュリンの注射針捨てないでください、とか
それをみて思った職場でも

インシュリンを打ちながら働いているひとがいるんだと
それでおれにも持病があるんだと思い出したり
思い出したということはそれをあんまり意識せずに
最近は過ごせていたということでそれはたぶんしあわせなことで
だけど便所というのはおれにとっては
病気のことをいちばん記憶しているし
自分が病気を抱えているんだということを
思い出させられてしまう場所でもあって
惨めだったり滑稽だったり妙に真剣だったりする
思えばこんなに便所のことなんか書いているのも
そのせいかもしれないとか思うし

「ウンコに思想のあるて思うか？」

「思想？　ウンコにですか？　なかでしょうね」

「昔から、思想犯は一応、憲兵とか特高でも特別扱いされたばってん、思想のなか犯罪はあっという間にはりつけ獄門やったろうね、おまけにウンコやろ？　汚かし、ちょっと想像できん、とんでもなかことやもんね」

おれがはじめて勤め先に出勤した日、上司に、隣の小便器に立つかもしれない上司に
自分に持病があるんだということと病気の名前を伝えた
理解されたかどうかわからないしたぶん
そんなに理解されてないんじゃないかと思うけど
病院へ行ってくるので午前中休みますというと
なんにもいわずに承諾してくれる
おれもたまには自分の働いているフロアの便所を使おうかなと思う

※村上龍『69 sixty nine』より抜きだし、引用した箇所があります。

買い置き

ドラッグストアで歯ブラシを買う時には何度も
来なくていいように二、三本まとめて買ってくるのに
いつも一本目を使い終えるころにはあったはずの買い置きが見つからなくなってしまう
疲れているとすぐ口内炎ができるから
そのたびにまたドラッグストアへ行く
会社の先輩の机には
毎朝リポビタンDの空き瓶が並んでいて
残業の多い時期にはそれがユンケルになる
おれはいつもたくさん水を飲むから
職場に着く前にコンビニへ寄ってパックのでっかい麦茶を買って

レジでもらってきたストローをさして机の端の方に置いている
袖机の引き出しにはメモ書きの用紙とかボールペンとか
飴とかキシリトールのガムとかを入れていて
弁当に箸をつけてもらい忘れた時のための割り箸もその引き出しの奥で
知らず知らずのうちに増えていく
近くのビルの中華料理屋のおじいさんはどうしてかいつも弁当の容器の下に
割り箸を輪ゴムで挟んで渡してくれるから
買うたびに割り箸がちゃんと付いているか心配になるけど
本当に付いていなかったことは一度もないし弁当の味はとてもうまい
ちょっと歩くと手作り讃岐うどんの店があって
かけうどんが三九〇円たまにぜいたくで日替りの天ぷら一二〇円もたのむ
歯ブラシとかひげ剃りジェルとかごみ袋とか食器洗いの洗剤とかがきれているとか
もうすぐきれそうだとかそういうことを帰りに運よく思い出すことができたら
最寄駅のそばのドラッグストアへ入って
そこではめずらしくレジの横でコロッケを売っているから

それも一緒に買ったりして
つい三円出して袋をもらってしまって
それがまた台所の隅っこのほうで知らず知らずのうちに増えていく

金曜の夜

土曜日曜が仕事の休みで
そのうえ誰とも会う予定がないときには
金曜の夜おれは帰ったらゆっくり風呂に浸かってひげをそらずに
うちでひとりでビールを飲んで
気が向いたら漫画を読んだり映画を観たりして
土曜の朝ちょっと遅くまで眠っている
月に一度は土曜の午前中に床屋へ行って
その帰りに駅前のアーケードで昼を食べたり
本屋で知らない漫画を買い込んだりして
帰ってきてすこし昼寝をするか

買ってきた漫画を読んで過ごしているとき
なんてぜいたくな時間なんだろうとおれは感じるんだけど
近ごろはちょっと忙しくて
気持ちもなんだか弱りがちで
ふた月くらい髪も切りに行けていなくて
クリスマスも過ぎて年末ようやく少しよゆうができて
金曜の仕事の帰りに床屋へ寄って上着をあずけて椅子にすわって
マスクと眼鏡をはずして目の前の鏡にうつった自分の顔を
見たときなんておれはひどい表情をしているんだろうかと
ひと目でわかるくらい疲れきっていて目元も力がなくて
まばらに無精ひげも見えている
まるで学生の頃まだみんながマスクをつけていなかった頃に見ていた
くたびれたしゃかいじん、の姿できればそうなりたくないんだと心で思っていた
その姿まるでそのままだったから
がくぜんとしてしまったけど

床屋のおばちゃんがおれの髪をクリップで留めてバリカンで刈りあげて
そのあと椅子がたおされて熱いタオルで顔の下半分を蒸しながら
ひたいと眉までかみそりでそったら
こんどはタオルがはずされてひげにクリームを塗ってあごのほねのあたりまで
無骨なようでいてとてもていねいな手つきで深く深くそりあげていくころには
気持ちがさっぱりしてきて代金を支払って床屋を出たら帰りに
スーパーでビールを買って
それを冷蔵庫で冷やしているあいだに風呂に浸かって
そのあと風呂からあがってストレッチをして
ビールの缶を開けるころにはもうすっかり大丈夫で
それを飲みながら詩のひとつでも書けるぐらい元気になっていることだろう

ある二月の週

火曜
だらだらと睡眠不足がつづいている。夜中に何度も起きる。
起きるとのどがカラカラに渇いている。悪い夢をみる。
ここ一週間ほどずっとこうだ。
それでも寝起きは思ったほど悪くなく、電車にのって職場へむかう。
午前中に仕事がひと区切りついた。
もうひと頑張りと思ってリポビタンDを飲んだらめちゃくちゃ気分が悪くなった。
昼、いつもの店にうどんを食べにいく。先輩も行く。
歩いている途中にめまいがする。
先輩は天ぷらうどんを平らげ、おれはかけうどんを食べきれない。

先輩から呆れられる。
先輩とおれは年が十五はなれている。

水曜

いよいよ食欲がない。先月末に受けた検査はよくなかった。
「大腸全体に炎症が広がっていますよ」と先生は言った、
先生は感じのいいひとだ、東京へ来てから半年ほどお世話になっている
だけど早口で話すからときどき言っていることが聞きとれないことがある。
先生は黒い文字盤のロレックスをつけている。
検査のあと薬の量を増やしている。
それだけでちょっとした軽食ぐらいだなと思ったりもする。
何か口に入れないと、と思ってカロリーメイトを二本
口におしこむけど、水分がうばわれるばかりで、
お〜いお茶でなんとか流しこむ。

木曜
集中がまったくできない。
頭の中にもったりと重いもやがかかっているようだ。
仕事でもプライベートでも、いくつも気がかりなことがある、
いつもならひとつずつ整理して考えてひとつずつ片づけていく
それができないで無駄に焦って空回りしているのが
自分でもわかっているんだけど、
それをどうすることもできないでいる。
昼、先輩に
「きょうはうどんじゃなくてそばにしませんか」
といって、いつものうどん屋ではなく、ちょっと歩いてそば屋にいく。
先輩の名前はYさんという。
東京ではつゆが九州とちがって濃ゆいんすよね、というのが、
おれとYさんの共通の見解だ。
Yさんは鹿児島の人だ。

おれは、福岡の人です、とひとに言うこともあれば
熊本の人です、と言うこともある
気持ちがどっちつかずだ。
Yさんも子供のころは転勤族であちこち転校していたらしい。
東京に赴任して、いまでは鹿児島よりこっちのほうが長くなったよと
そば（かつ丼セット）を食いながらYさんは話す、
おれはかけそば三五〇円をゆっくり啜ってそれを聞いた。
やっぱりそばつゆは濃ゆかった、明日はいつものうどん屋にしよう、
などとYさんと話しながらビルまで帰る。
いつものうどん屋は讃岐うどんの店だけど、
つゆが薄口で値段は安くてうまくて、おれもYさんもとても気に入っている。

金曜
上司と、次に取り組む仕事の打ち合わせをする。
上司はいつもひと言めに、

「最近どう、元気？」

と訊く、

「正直ここんとこあんま元気じゃないっす」

と正直に返すと、

「そっかあ、元気じゃないのかあ」

と相槌を打ってくれた。

打ち合わせの内容はあんまり覚えていないけど、おれの言った言葉、もっとうまい言い方があっただろうとか、あんな言い方じゃ伝わるわけないよなとか、細かいことばかりが頭に残って何度もそれが頭をよぎる内容は手帳のメモ書きと、同席してた先輩に確認してなんとか少し思い出す。

土曜
ずっと寝ている。めしを食ったかもおぼえていない。

日曜

なんとか気晴らしがしたいと思い、外へ出る。
目黒の美術館で木村伊兵衛の写真展をみる。
写真展はとてもよかったし、春には目黒川の桜も咲くだろうから
また来ようと思った。
そのあと恵比寿まで歩く、途中で雨がふってきて、
また気持ちが暗くなってきた。
恵比寿から五反田へ、池上線でうちへ帰る。

街を服にたとえるなら

街を服にたとえるなら
生まれてから十八になるまで暮らした
いなかのまちでおれは
すっぱだかですごしていたようなものだ
じぶんになにが似合うのかわからなくて
そのくせあらゆるものが気に入らなくて
それでも身体はおおきくなって服はいつもすぐにちいさくなる
高校を卒業して熊本の街へでてきたとき
はじめはちょっとぶかぶかで
成長期の身長ののびを考えて大きめのサイズを

選んだ学生服みたいにそでをあまらせて
ちょっとむりをして肩で風をきってあるいていた
それも何年かするとすごくよくなじんできて
いつも着ているお気に入りのシャツみたいに
おれの身体のいちぶになった
それをいちど洗濯してみようと思って出てきた
東京の街はやたらとポケットが多いコートみたいで
どこになにが入っているかわからなくなりがちで
ちょっとしたものはすぐになくなりがちで
そのうちなにをいつどこでなくしたかわからなくなって
そうかと思えば
ずっと前になくしていたすごくなつかしいもの
なくしたことそれ自体をわすれていたようなものが
いきなり出てくるようなこともあって
これから

どんな街へ行ってどんな格好をして暮らしていても
おれの身体はずっとひとつだけで
たとえ古びてつぎはぎだらけになっても
同じのを使い続けていくしかなくて
それを思えばもっと大事にしたい
自分のも他人のも
だけど時にはどうしようもなく余裕がなくて
よくないとわかっちゃいるんだけど
汚したり傷つけたり粗末にあつかったり
それであとからよけいに後悔したり
すごく不格好なことになってしまう
こないだ
週末久しぶりに熊本へ帰った
新しくできた店もいくつもあるけど
なくなってしまった場所もたくさんある

つい一年前までちょうどよく感じていた街が
いまではちょっと小さく感じられて
だけどそういうのもべつにきらいなわけじゃなくて
たとえ古びてあちこちつぎはぎがあたっていても
流行おくれでもちょっとサイズが合わなくなっても
おれはそういうのが好きだ

かもしれない

東京この街へきてもうすぐ半年おれは一度も九州へ帰っていない
コロナがあるから、というのはいいわけなのかもしれない
仕事が忙しくて、というのは明らかにいいわけだろう
九州熊本そして福岡には
おれがたいせつにしているものほとんどぜんぶがあるけどそれだからこそ
いったんちょっと距離を置いてみたい気もするし
今年は三度も引越しをしたそれはやりすぎだったかもしれないなりゆきだったとはいえ
木綿のハンカチーフのおとこのようにおれはなりたくはない
東京この街での暮らしはそれなりに楽しいそれなりに楽しい
だけどなんとも思わないようになってしまったこととかもあって

それはあんまよくないことだよなと思ったりする
毎日地下鉄にのって仕事へ行くことも電車の通っていないおれの生まれた街では
とてもじゃないけど考えられないことだったけどすっかり日常になってしまった
今でも人が多いのはどうしても苦手で気分が悪くなることもあるけど
なんとかやり過ごしてなんともないように振る舞えるようにもなった
いまもし九州へ戻ったら時間の流れるのがすごくゆっくり感じるのかも
しれないけどそのことをいまのおれは好ましく思うだろうか
もしそうじゃなかったときのことを考えるとそれがいちばんこわいから
ほんとうは向き合わずににげているのかもしれない
九州熊本そして福岡にはおれがうとましく思っているものもたくさんあるから
ほんとうはそれからにげまわっているのかもしれない
東京この街で友達もできました職場のひとたちも親切にしてくれています
でも自分がこの街に根づいていく感じがあんまりしない今年は三度も
引越しをしたそれはやりすぎだったかもしれないなりゆきだったとはいえ
思うにどこにいてどんなふうにすごしていても時間というのは一直線上を

進んでいくものですおれはもうすぐ二十三になります東京大田区池上に
会社を通して借りている家には六畳の部屋と五畳半の台所のある部屋とがあって
その家はこれまで借りたうちでいちばん広くて前のアパートは八畳一間で四万円
その前の熊本の部屋は六畳一間で三万五千円だった思えば広すぎるのかもしれない
この部屋もこの街もおれにとって熊本の六畳間ではなんでも座ったままで手が届いた
いまではちょっと物を取るのに腰を上げなくちゃいけなくてそれがめんどうで
かえって不精になって動かなくなっていっているのかもしれない
行きたい会いたい食べたい見たいものが多すぎてこの手を広げた中にすくいとれるものが
あまりにすくないそのことに気づいて放心しているのかもしれない
それだけじゃなくてやっぱりゆっくりする時間も足りない付き合いの長い友達も
九州へ戻ればそれが全部手の中にかえってくるかもしれない全部じゃないかもしれない
近くに親しいひとたちが住んでいて歩いて会いに行って
終電を気にせずに話したり飲んだり
休日は散歩に行ったり映画に行ったり縁側で昼寝したりして
そういうのがいちばんの贅沢なんだとよく聞くみんながほんとに

口をそろえていうおれもそんなふうな生活は
みちあふれるくらいしあわせなものだろうとそう思う
それを手に入れるのがかえってこわいのかもしれない
おれはおくびょうなのかもしれないだらしないのかもしれないそれは
かもしれないじゃなくてたぶんほんとのことだろう
だけど思うにどこにいてどんなふうにすごしていても時間というものは気づかないうちに
毎朝届く新聞みたいに積み上がっていくもので
もうちょっと待ったら来るかもしれないもうちょっとしたらわかるかもしれない
そんなふうにすごして取り返しのつかなくなってしまったひとたちを何度もみてきて
そうなるのもこわいけどまだ今はあせるような時じゃないけどいつまでもいつでも
元気でいられるわけじゃない自分も周りのひとも
それはかもしれないじゃなくて
生活のなかで身をもってわかったことです

カレーライス

仕事を早めに終わってうちへ帰っていると
通りがかった家の換気扇から
カレーをつくるにおいがした
正確にはまだカレーじゃなくて
つまりそれはじゃがいもと玉ねぎと肉と人参とが煮られつつあるもので
これからシチューにもなりうるし白滝とか入れて醤油とかみりんとか
砂糖とかそういうもので味をつければ
肉じゃがにもなりうるんだけどこれは今日はたしかに
カレーになるんだろうというふうに予感させるそういうにおいだった
前に脳をわずらってにおいを感じなくなってしまった友だちが

昼にカレーライスを買ってきて食べている部屋へ入ったときにおれは
ああ、すっげえカレーのにおいする、と思ってそうつぶやいた
その友だちはそういえばこれカレーだったわ、と言って食べつづけた
何食わぬ顔でそういえばこれカレーだったわ、
あーそっか、そうだった、
ごめん、とはおれは言わなかったそれは
それは違うと思ったから
べつにあやまるべき場面じゃないし窓も開けずにその友だちはカレーライスを
食べていたから部屋じゅういっぱいにカレーの匂いがこもっていて
こっちがむしろ文句をいいたいくらいだった
そっか、というひとことはあらゆるときに口走ってしまうもので
なんにも言えないいくらいかなしい告白をされたときにおれはよくその言葉を
発するのでどうしてこんなに自分の言葉というものは情けなくて
なんの役にも立たないものかと思ってくやしくなるのでした
詩を書きはじめてまもない十七、十八のころ気持ちがよれよれになって

いつも図書館でさぼっていた国語の先生に会いにいくと
古いワゴン車に乗せてカレーを食べに連れて行ってくれたものでした
おれ、どげんか詩ぃ書いたってけっきょくおんなじ事ば書きよるごたる感じのすっとです、
そうか、まあ、誰だってそげんかもんじゃなかか、
というひとことでいまの自分があるということを思うと
えらそうにあれこれ説教するようなことはどうしてもさけたいし
そもそもあまりに未熟で不安定な十七歳の自分がいまでもそのままに
ときどき顔を出しにくるのでたいそうなことは言えないけど
もしそんなふうに気持ちがよれてしまったり弱ったりしてしまった友だちとか
こどもたちとかがいたらその時はおれも
カレーライスを食わしてやりたいと思うもし望むなら
シチューだろうと肉じゃがだろうとハヤシライスだろうと
何でもいいいんだと言ってやりたいと思う

インカレポエトリ叢書XIX
ミントとカツ丼
二〇二三年五月三〇日　発行
著者　牛島映典
発行者　知念明子
発行所　七月堂
〒一五四―〇〇二一　東京都世田谷区豪徳寺一―二―七
電話　〇三―六八〇四―四七八八
FAX　〇三―六八〇四―四七八七
印刷　タイヨー美術印刷
製本　あいずみ製本

Mint to katsudon

ISBN978-4-87944-527-8 C0092